ED. GUINAND

LE TINTORET

OPÉRA

En 3 Actes et 4 Tableaux

AVEC BALLET

PRIX : UN FRANC

DIJON

IMPRIMERIE R. AUBRY, ÉDITEUR, RUE BOSSUET, 15

1887.

LE TINTORET

Opéra en 3 actes

Représenté pour la première fois au théâtre de Dijon, le 10 Février 1887.

ED. GUINAND

LE
TINTORET

OPÉRA

En 3 Actes et 4 Tableaux

AVEC BALLET

Musique de Ad. Dietrich

DIJON

IMPRIMERIE R. AUBRY, ÉDITEUR, RUE BOSSUET, 15

1887

PERSONNAGES

JACOPO ROBUSTI, dit LE TINTORET. . .	1er TÉNOR.
PAOLO CALIARI, dit VÉRONÈSE	1er BARYTON.
LE DUC ASTOR ORSÉOLO, Membre du Conseil	1re BASSE.
FAUSTINA, pupille d'Orséolo	1er SOPRANO.
MARIETTA, suivante de Faustina	2e SOPRANO.
TIZIANO VECELLIO, dit LE TITIEN . . .	PERSONNAGES MUETS
SEBASTIANO DEL PIOMBO.	

ANDRÉA SCHIAVONE.   2e BARYTON.
LAURENT LUZZI. . .   Peintres et Sculpteurs, camarades du Tintoret et de Véronèse.   2e TÉNOR.
JEAN D'UDINE. . . .   3e BARYTON.
FRANÇOIS TORBIDO.   2e BASSE.

ÉLÈVES DU TITIEN, GONDOLIERS, MODÈLES,
JEUNES VÉNITIENNES, SEIGNEURS ET DAMES NOBLES DE LA COUR,
URSULINES, PEUPLE.

Venise vers 1540

LE TINTORET

ACTE PREMIER

L'atelier du Titien. — Salle splendide, ornée d'objets d'art. — Statues. — Colonnes. — Vases. — Armes. — Une toile immense, telle qu'en entreprenaient les grands peintres de l'époque. — Tableaux ébauchés ou finis. — Esquisses. — Portraits, notamment celui du duc Orséolo. — Grande porte au fond donnant vue sur la mer. — Porte à gauche et à droite dans la boiserie.

SCÈNE PREMIÈRE

Le Tintoret, Véronèse, Luzzi, d'Udine, Schiavone, Torbido et autres élèves du Titien travaillent à une même toile sur les esquisses du Maître. — Gondoliers. — Modèles. — Filles du peuple, groupés selon les exigences de l'œuvre. — Le Tintoret, attristé et distrait, s'interrompt fréquemment pour demeurer pensif

CHŒUR

Venise est le berceau des arts !
Elle échauffe le monde au feu de son génie :
Ses peintres sont plus grands que n'étaient les Césars ;
Leur joug est bienfaisant et leur gloire est bénie...

Venise est la reine des flots !
Au loin ses puissantes galères
Emportent nos fiers matelots
Sous leurs pavillons tutélaires.
Venise a d'ineffables nuits :

Quand un falot s'allume au sommet de ses voiles,
Quand d'un jour bien rempli s'éteignent tous les bruits,
Ses eaux ont plus de feux que le ciel n'a d'étoiles...

Pendant ce chœur, les jeunes peintres et sculpteurs quittent peu à peu leurs sièges...
— Les groupes se rompent... — Sons de cloche dans le voisinage

SCHIAVONE

Midi, mes chers amis !...

TOUS

Comment ?...

SCHIAVONE

Midi !... c'est l'heure
Qui sonne en ce moment
A Sainte-Anna-Majeure...

LUZZI à d'Udine

Le travail, quand on chante, est moins long et moins dur...

D'UDINE son ciseau à la main

Il se peut... mais, un fait encor plus sûr,
C'est que mon appétit s'aiguise avec mon zèle...
Je croquerais mon ange...

LUZZI riant

Et surtout ton modèle...
Tu sais bien les choisir...

D'UDINE

Je l'avoue... Et, vois-tu,
La beauté fut, pour moi, toujours une vertu...
La première peut-être...

SCHIAVONE

Allons ! amis, en route...
Il nous faut revenir dans une heure.

D'UDINE

Je doute
Qu'en une heure, morbleu ! je sois assez repu
Pour reprendre avec nerf mon ange interrompu.

SCHIAVONE

Allons, d'Udine ! Allons, Torbido, Véronèse !
Allons !... Nous causerons dehors tout à notre aise.

VÉRONÈSE descendant à regret de son siège

Ah ! quel ennui !... Mon groupe avançait... hardiment !
à d'Udine
Tu n'as pas d'idéal !...

D'UDINE

Pas d'idéal ?... Vraiment ?

Quand la pensée
Flotte lassée,
Que le front semble vide et creux ;
Pour rendre au rêve
Ardeur et sève,
Parlez-moi d'un vin généreux !

Quand la main plie
Molle, affaiblie,
Sous les coups d'un marteau fiévreux,
Pour que la fibre
Se tende et vibre,
Parlez-moi d'un vin généreux !

Quand un artiste
Doute et s'attriste,
Maudissant un art rigoureux,
Pour qu'en son âme
La foi s'enflamme,
Parlez-moi d'un vin généreux !

TORBIDO, riant

Si donc il est pressé d'aller manger et boire,
C'est par amour de l'art !...

SCHIAVONE, de même

Ah ! ah !... Il faut le croire !

REPRISE DU CHŒUR

Venise est le berceau des arts !
Elle échauffe le monde au feu de son génie :
Ses peintres sont plus grands que n'étaient les Césars ;
Leur joug est bienfaisant et leur gloire est bénie !

Ils s'en vont gaîment — Le Tintoret est demeuré à l'écart triste et abattu. — Véronèse ne l'a pas perdu de vue. — Ils laissent sortir leurs compagnons sans les suivre.

SCÈNE II

LE TINTORET, VÉRONÈSE

VÉRONÈSE, s'approchant doucement

Qu'as-tu, cher Jacopo ?... Qu'as-tu ? dis...

LE TINTORET, sortant de sa rêverie

Ah !... c'est toi !
Eh ! quoi ?... sont-ils partis ?...

VÉRONÈSE

Oui... mais tu souffres ?...

LE TINTORET

Moi ?...

Ce n'est rien.

VÉRONÈSE, lui prenant la main

Tu souffres, te dis-je,
Et l'aveu de ton mal mon amitié l'exige...
Parle comme à ton frère et ne me cache rien !...

LE TINTORET

Que je suis malheureux !

VÉRONÈSE

Oh ! je le savais bien !

LE TINTORET

J'aime d'une immense tendresse
Dans un espoir mystérieux,
J'aime d'une ineffable ivresse
Une reine au front glorieux.

Sitôt qu'apparaît ma déesse,
S'éclaire mon front soucieux,
Comme dans l'ombre un astre laisse
Un sillon d'or au sein des cieux.

C'est le reflet de sa jeunesse
Que sur ma toile avec richesse,
Répandent mes pinceaux joyeux :

De mon art elle est la maîtresse ;
Car c'est sa forme enchanteresse
Que j'ai toujours devant les yeux !

VÉRONÈSE

Eh bien ?...

LE TINTORET

Vois ce portrait...

VÉRONÈSE

Astor Orséolo !   Oui ! celui du Seigneur

LE TINTORET

Le duc est son tuteur !
Chaque jour, en cachette, elle vient reconnaître
Le progrès que trahit le chef-d'œuvre du maître...

Montrant une porte cachée

Et je suis là, m'enivrant à loisir
De sa beauté dont mon esprit s'enflamme...
Je donnerais le salut de mon âme
Pour savourer cet instant de plaisir !

ENSEMBLE

LE TINTORET

Je sens qu'aujourd'hui ma vie
Est attachée à ses pas :
Près d'elle c'est le génie ;
Loin d'elle c'est le trépas.

VÉRONÈSE

Pourquoi faut-il qu'en sa vie
Il ait rencontré ses pas ?
Du sort, cruelle ironie,
Qui peut causer son trépas !

LE TINTORET

Demain, cette toile achevée
Disparaîtra...
De même s'évanouira
La vision rêvée !...

accablé

Je ne la verrai plus !...

VÉRONÈSE

Pauvre ami ! Calme-toi !

LE TINTORET

Je ne la verrai plus !...

VÉRONÈSE, à part

Je pleure malgré moi !

O pauvre ami, ton cœur s'épanche
Dans mon cœur confident du tien :
Une amitié solide et franche
Dans les pleurs est un doux soutien.
La vie a d'immenses détresses
Que connaissent seuls les amants ;
Sans croire aux folles allégresses
Espère de meilleurs moments.
On est bien fort lorsqu'on aime !
Et si triste que soit le sort,
On peut en triompher quand même...
Lorsque l'on aime, on est bien fort !

*Ils restent quelques instants la main dans la main ;
puis on entend des pas à la porte de gauche.*

LE TINTORET

On vient ! vite à l'ouvrage !... Avance cette échelle
Et que nul ne soupçonne...

VÉRONÈSE, approchant l'échelle

Oh ! ne crains rien !

LE TINTORET, apercevant Faustina

C'est elle !

Ils montent vivement sur l'escabeau et sont cachés par la toile

SCÈNE III

Les Mêmes, FAUSTINA et MARIETTA, se croyant seuls

QUATUOR

MARIETTA

De grâce, Madame, hâtez-vous !...
Chaque jour je me meurs de crainte,
En pénétrant dans cette enceinte,
D'y rencontrer l'œil sévère et jaloux
Du duc Orséolo !... S'il vous avait fait suivre ?

FAUSTINA

Ne crains rien... Il chasse en ses bois...
Et puis, vois-tu, c'est la dernière fois
Que je viens en ces lieux où j'aimerais à vivre...

MARIETTA

Que dites-vous ?... Et dans un atelier
Pouvez-vous oublier
Le Palais de votre famille ?
Et que vous sert alors d'être une noble fille ?

FAUSTINA

Oui ! je suis lasse des discours
Que les flatteurs me répètent toujours
Et je hais le parfum banal dont on m'encense;
Car j'ai l'âme plus haute encor que la naissance.
J'estime un grand artiste, un homme sans égal,
Plus noble que le fils d'un ancêtre ducal...
        Le talent seul nous fait illustre
Et la femme ne peut rêver un plus beau lustre
        Que d'inspirer un chef-d'œuvre parfait
Ou de se voir aimer de celui qui l'a fait !

> Véronèse et le Tintoret sont doucement
> descendus de leur siège... mais ils
> demeurent toujours cachés.

VÉRONÈSE, à part

Quel superbe langage !

LE TINTORET, à part

Quelle âme ! Quels accents !

FAUSTINA, à Marietta

De me blâmer tu n'as pas le courage ?

MARIETTA, à part

Elle a raison, malgré moi je le sens...

LE TINTORET, à Véronèse

De me blâmer, tu n'as plus le courage...

VÉRONÈSE

Il a raison, malgré moi je le sens...

FAUSTINA, *montrant une toile*

Vois donc, ici, quel chef-d'œuvre splendide !...

LE TINTORET

Vers mon esquisse elle porte ses pas...

VÉRONÈSE, *à part*

Vers son esquisse elle porte ses pas...

FAUSTINA, *devant une vierge du Tintoret*

La vierge, là, semble prier tout bas...

Son air est pur et candide...
Un ange dort dans ses bras..
Sur son front la paix réside...
La douleur fuit sous ses pas !

Ah ! que je voudrais connaître
Le secret de son auteur !
Où va s'inspirer le maître
Quand l'œuvre éclot dans son cœur ?

Si c'est au ciel qu'il s'enflamme,
Que ne suis-je un astre aux cieux ;
Si c'est ici-bas, la femme
Dont il reflète les yeux...

LE TINTORET, *se montrant*

Ah ! je le jure, sur mon âme,
Vous êtes le foyer béni qui m'inspira...

FAUSTINA

Le Tintoret !...

MARIETTA

O ciel ! Madame,
Qui nous protégera ?...
Nous sommes perdues.

FAUSTINA .

De vous nous fûmes entendues ?...

LE TINTORET

Madame, ne craignez rien...
Montrant Véronèse
Je puis vous garantir son honneur et le mien.

Vous m'avez rendu la croyance
A tout ce qu'autrefois j'aimais...
Vous m'avez donné l'espérance...
Ah ! soyez bénic à jamais !

Il lui prend la main et la baise respec-
tueusement. — Faustina demeure im-
mobile malgré elle.

ENSEMBLE

LE TINTORET

Ma peine est effacée,
Mon âme est caressée
De mille espoirs nouveaux.
Désormais son image
Et son tendre langage
Soutiendront mes travaux.

VÉRONÈSE

Sa douleur est passée !
Je lis dans sa pensée

Des sentiments nouveaux.
Je vois sur son visage
Resplendir un courage
Fécond pour ses pinceaux !

FAUSTINA

Mon âme est oppressée...
Je me sens traversée
D'un sentiment nouveau.
Désormais son image,
Son amoureux langage
Troubleront mon cerveau !

MARIETTA

Sa joie est effacée :
Je lis dans sa pensée
Un trouble tout nouveau.
Est-ce un léger nuage,
Précurseur de l'orage
Dans un ciel pur et beau ?...

FAUSTINA, écoutant

Des voix de ce côté... quelle horrible méprise...

MARIETTA, courant à une autre issue

Ciel ! j'aperçois le Duc aussi !

FAUSTINA, au Tintoret

De grâce, sauvez-moi !... car si j'étais surprise,
J'en mourrais !

LE TINTORET, lui ouvrant une porte dérobée

N'ayez crainte et venez par ici !
Nul ne vous aura vue !...

FAUSTINA, lui tendant la main

Oh ! mille fois merci !...

Elles sortent.

Le Tintoret, qui a baisé la main de Faustina, la regarde partir et demeure quelques instants immobile et fasciné... Il contemple l'atelier autour de lui avec transport.

SCÈNE IV

LE TINTORET, VÉRONÈSE, PUIS LE CHŒUR

LE TINTORET, avec extase

Murs qui l'avez pu voir, là, tremblante, attendrie,
Devant l'humble tableau que mon cœur doit bénir...
Vous êtes à jamais mon temple, ma patrie,
Mon éden adoré plein de son souvenir !

Les élèves du Titien rentrent peu à peu, suivis des gondoliers, modèles et filles du peuple, et reprennent leurs places. — Le Tintoret et Véronèse se mêlent à leurs compagnons.

CHŒUR

Sur l'œuvre commencée
Notre }
Votre } main délassée
Peut porter ses pinceaux,
Ses crayons, ses ciseaux...
Allons, amis, courage
Tous ardents à l'ouvrage
Reprenons nos }
Reprenez vos } travaux

2

SCÈNE V

Les Mêmes, LE TITIEN, SEBASTIANO del PIOMBO,
Le duc ORSÉOLO

Le Titien paraît accompagné de Sébastiano del Piombo et du duc Orséolo. — Tous
se lèvent et acclament le maître qui montre au duc ses diverses toiles.

CHŒUR

Honneur au maître dont la gloire
Jette un éclat incontesté...
Ton nom est promis à l'histoire,
Clair soleil de l'humanité !...

RIDEAU

ACTE DEUXIÈME

PREMIER TABLEAU

Le Lido di Palestrina, longue promenade sur l'Adriatique. Barques illuminées dans les lagunes. Dans la nuit transparente on aperçoit les couples qui s'enlacent, on entend les airs de danses. Les barques se croisent.

SCÈNE PREMIÈRE

LE TINTORET, VÉRONÈSE, SEIGNEURS ET DAMES, GONDOLIERS, JEUNES VÉNITIENNES, PEUPLE

CHŒUR

TOUS

Ah ! quelle nuit odorante !
Ah ! quel superbe décor !
Notre rame brille, errante,
Sur des flots plus clairs encor.
L'air embaumé nous enivre
Et les chants nous vont au cœur.
C'est l'heure où commence a vivre
Le pauvre et le travailleur.

BALLET

PEUPLE

Ah ! quelle nuit odorante !
Ah ! quel superbe décor !
Notre rame brille, errante,
Sur des flots plus clairs encor.
L'air embaumé nous enivre
Et les chants nous vont au cœur.
C'est l'heure où commence à vivre
Le pauvre et le travailleur.

Les barques s'éloignent. Une d'elles aborde. Le Tintoret en descend. Les voix se
perdent au loin.

SCÈNE II

LE TINTORET, seul

Pour moi leur joie est pleine de tristesse...
Les cœurs souffrants ont besoin de repos ;
Le bonheur seul se plaît dans l'allégresse,
Mais le silence est plus doux à nos maux.

Il les regarde s'éloigner.

O Faustina, vision entrevue
Comme en un rêve d'or,
J'attends du Ciel la faveur imprévue
De te revoir encor.

Devant mes yeux j'ai toujours ton image,
    Rien n'a pu la ternir :
La nuit, le jour, au bois, sur le rivage,
    Me suit ton souvenir.

Il écoute.

C'est un écho de ta voix caressante
    Que m'apporte le vent :
A ton appel mon âme frémissante
    Croit répondre souvent.
Ah ! j'ai gardé, vivante, l'espérance
    De te revoir un jour...
Car si j'avais perdu cette croyance
    Je serais mort d'amour !

O Faustina, vision entrevue
    Comme en un rêve d'or,
J'attends du Ciel la faveur imprévue
    De te revoir encor.

Véronèse arrive doucement par la gauche. Il contemple un instant le Tintoret
qui semble rêveur.

SCÈNE III

LE TINTORET, VÉRONÈSE

VÉRONÈSE

Quoi ? Seul ici ?... Toujours fuyant la foule,
Dans quel but ?... Pauvre ami !...

LE TINTORET

Tandis qu'au loin s'écoule

Le flot de ce peuple joyeux
J'écoutais vaguement un chant mélodieux...
Ecoute !...

On entend le refrain d'une barcarolle.

VÉRONÈSE

Sur les flots, c'est quelque barque folle
Dont la gaîté s'envole
Vers les cieux...

LE TINTORET

Non ! non ! c'est une barcarolle...
Le charme en est délicieux.

Vivement.

C'est elle !... J'en suis sûr ! C'est sa voix que la brise
M'apportait par instants.

VÉRONÈSE

Pauvre ami, crains quelque méprise !...

LE TINTORET

Ces accents sont les siens !... Avec foi je l'attends !
Par ici...

VÉRONÈSE

Je te suis...

LE TINTORET

Sa barque enrubannée
Des flots suivait le cours.

VÉRONÈSE, à part

Ainsi d’année en année
Il espère toujours !...

> Ils s’avancent vers la droite sur le bord
> de l’eau.

SCÈNE IV

LES MÊMES, FAUSTINA, de sa barque

FAUSTINA, du dehors

La nuit bruyante et lumineuse
Sous les fanaux,
N’a pas pour mon âme rêveuse
D’attraits nouveaux...
Je lui préfère le silence
Plein de clarté,
De la lune qui se balance
Les soirs d’été...

LE TINTORET

Ecoute !... C’est sa voix divine,
Argentine...
Elle vient de ce côté...

FAUSTINA, du fond de la scène

Ce qui rend belle la nature
En sa splendeur,
Ce qui fait sa senteur plus pure,
C’est le bonheur !...

Ah ! si ce soir j'étais heureuse
Comme ils sont tous,
Avec eux je viendrais joyeuse
Au rendez-vous !

LE TINTORET

C'est elle !... son âme soupire...
Quel est celui
Dont l'éclair luit
Dans son ciel et l'inspire ?...
O trouble de mon cœur !...

Les barques s'éloignent. — Les feux disparaissent. — La gondole de Faustina
s'arrête près du rivage.

GONDOLIERS, VÉNITIENNES, s'eloignant

Combien est belle la nature
En sa splendeur !
Ce qui fait sa senteur si pure,
C'est le bonheur.

FAUSTINA, sans voir le Tintoret

J'ai fui leurs chants et leur joie,
Ma barque seule cotoie
Ces rivages déserts...

LE TINTORET, sans se montrer

Sa voix, comme un parfum, semble embaumer les airs...

FAUSTINA

Car la foule bruyante
En ses ébats
A mon âme souffrante
Ne convient pas !...

LE TINTORET, à part

Ah ! je cherche aussi le silence
Pour mieux penser à toi...

FAUSTINA

Et souvent mon désir s'élance
Bien loin de moi.

LE TINTORET

A peine un pas nous sépare...

FAUSTINA

Vers les cieux mon rêve s'égare
Et j'aperçois un être à travers leurs rayons !...

LE TINTORET, s'avançant

Haut Faustina !... A part Qu'ai-je fait ?...

FAUSTINA

On a parlé... Fuyons !

LE TINTORET

Non ! Vous ne fuirez pas !... Vous emportez ma vie...
Un mot, je vous conjure...

FAUSTINA

Eh !... quoi ?... C'est vous ici !...

LE TINTORET

Moi, qui vous attendais... moi qui vous ai suivie
Et qui ne peux plus vivre ainsi...
Ecoutez...

FAUSTINA, troublée

Ah ! de grâce... assez ! votre parole
Me trouble... Mon tuteur... il vous reconnaîtrait...

LE TINTORET

Qu'un seul mot de vous me console...

FAUSTINA, s'enfuyant

Non !... Adieu !...

LE TINTORET

Par pitié !...

FAUSTINA, apercevant le duc

Le Duc !..

ORSÉOLO

Le Tintoret !
A Faustina
Seule ici, madame ?...

Oubliez-vous qu'on vous cherche alentour ?...
Votre fiancé vous réclame :
Le comte Ricciardi vous attend à la cour...,

ENSEMBLE

FAUSTINA

Non !... Non !... Cet hymen détestable
Ne pourra m'enchaîner jamais !...
Au destin le plus misérable,
Pour l'éviter, je me soumets.

ORSÉOLO

Mon ordre exprès, inexorable,
Vous est bien connu désormais.
Cet hymen est très désirable,
C'est le plus cher de mes projets.

LE TINTORET

Son air suppliant, adorable,
Ne peut fléchir ces durs arrêts.
Plus d'espoir d'un sort favorable !
Elle est donc perdue à jamais...

VÉRONÈSE

Cet hymen fatal, exécrable,
Fait écrouler tous leurs projets.
Hélas ! le destin les accable :
Ils sont séparés pour jamais !

Ils s'éloignent de côtés différents. — Les barques pleines de danseurs reparaissent
au fond. — Les danses reprennent.

SCÈNE V

Seigneurs, Dames, Gondoliers, Vénitiennes, Peuple

BALLET

PEUPLE

Que les airs de danses
Mêlent leurs cadences
Aux bruits de la mer.
La nuit vaporeuse
A notre âme heureuse
Conseille d'aimer.

RIDEAU

DEUXIÈME TABLEAU

Le couvent de Sainte-Anna-Majeure. — Large cour intérieure entourée de colonnes.
— Echelles de peintres et de sculpteurs à gauche : fresques commencées. — A
droite, galerie se perdant vers l'entrée. — Au milieu, la chapelle élevée de quelques marches ; on aperçoit les lumières des lampes ; les orgues retentissent.— Une
longue file de nonnes arrive par la gauche sous la conduite de l'abbesse. Elles
chantent leurs pieux cantiques en montant les degrés de la chapelle. — Par la
droite arrive le peuple qui reprend leur chant et disparaît également dans
l'église.

SCÈNE PREMIÈRE

LES URSULINES, LE PEUPLE, puis FAUSTINA en novice

LES URSULINES

Sainte Angèle, ô notre patronne !
C'est pour vous qu'aujourd'hui rayonne
L'autel dans toute sa splendeur.
Nous brûlons de votre saint zèle...
Protégez-nous, ô sainte Angèle !
Versez la paix dans notre cœur !

LE PEUPLE

C'est la fête de leur patronne,
Le couvent aujourd'hui rayonne,

L'autel brille dans sa splendeur.
Courons aussi vers la chapelle,
A ceux qui souffrent sainte Angèle
Sait verser la paix dans le cœur !

Au dernier rang des nonnes, se trouve Faustina en costume de novice. Elle s'arrête et regarde ses compagnes gravir les marches de la chapelle.

FAUSTINA

Heureux qui peut dans cette enceinte
Trouver le calme et le repos !
Mon âme de douleur étreinte
N'y voit nul remède à ses maux...

Le front prosterné sur la pierre
En vain j'invoque le Seigneur ;
Je répète en vain la prière
Que chacun dit avec ferveur...
Dans les sons de l'orgue qui chante,
Sous les piliers au blanc contour,
J'entends une voix plus touchante
        Qui me parle d'amour !...

On entend le chœur.

Fuyant tous les bruits de la terre
En vain j'erre partout le soir...
Je m'enferme en vain, solitaire,
Au fond du temple sombre et noir...
Aux feux de la lampe tremblante,
Sous les derniers rayons du jour,
Je vois une image troublante
        Qui me parle d'amour !

Avec résolution.

Je ne puis, plus longtemps, souffrir un tel martyre...
        Désormais je ne veux pas
Murmurer un serment qui sur ma lèvre expire :
J'ai honte de moi-même et j'en frémis ! Hélas !

Elle se prosterne au pied d'une des colonnes.

SCÈNE II

FAUSTINA, LE TINTORET

LE TINTORET, regardant

Quelle est donc cette femme au front grave, attristé ?...
O ciel ! je crois la reconnaître...
Oui ! c'est bien elle !... O suprême bonté
Du sort ! La voir si près !... Et presque à mon côté !
Marcher dans son rayon avant de disparaître
Dans ma nuit !... je n'aurais jamais pu souhaiter
Cette ineffable joie !...

Il la contemple.

FAUSTINA, écoutant

Quelqu'un ?... Ah ! Vous ici !... Mon cœur doit éclater...

LE TINTORET

Madame... J'ignorais...

FAUSTINA, après un instant d'hésitation

C'est Dieu qui vous envoie !

Elle le prend par la main et le conduit au pied de l'église dont l'autel brille
au fond.

Cet instant est solennel...
Je veux vous parler sans feinte.
Devant cet autel
Pour moi, cesse toute crainte.

Avez-vous conservé le souvenir des jours
Où vous imploriez un mot de tendresse ?...
Parlez-moi sans détours...
Mon sort est en vos mains... Et l'angoisse m'oppresse...
M'aimez-vous toujours ?...

LE TINTORET, à part

Suis-je dans les cieux ?

FAUSTINA, avec tristesse

Vous vous taisez ?

LE TINTORET, haletant

Ah ! lisez dans mes yeux...
Quoi ?... Ne voyez-vous pas que ma raison s'égare ?
Est-ce le paradis ?... ou bien un jeu barbare
Dont je mourrais ?...

FAUSTINA

Je suis sincère... M'aimez-vous ?...

LE TINTORET, lui prenant la main

O bonheur des élus !... O Dieu clément et doux !...
Ah ! demandez aux champs que le soleil féconde
S'ils aiment la lumière... aux bois, la paix profonde...
A la mère, l'enfant qui s'attache à ses pas...
Si je vous aime, moi ?... Ne le demandez pas !...

ENSEMBLE

O doux instant d'ivresse !
Moment délicieux !
Du fond de ma détresse
Je vois s'ouvrir les cieux !

LE TINTORET

Alors, tu m'attendais ?...

FAUSTINA

Je t'implorais, en grâce...
Et vainement le jour suivait le jour qui passe.
Je disais : « Il viendra !... »

LE TINTORET

Si j'avais pu savoir !...
Moi qui souffrais tant sans te voir !

FAUSTINA

Déjà depuis plus d'une année
Je n'ai pas vu luire un seul jour
Sans te suivre en ta destinée
Invisible dans mon amour !...
J'ai vu l'Italie empressée
S'emplir de ton nom glorieux,
Moins que mon cœur de ta pensée
Et d'un espoir silencieux...

LE TINTORET

Ah ! parle encor, ma vie est sur ta lèvre...

FAUSTINA

J'ai tant pleuré loin de toi !...
Mon sang s'est brûlé dans la fièvre...

LE TINTORET

Ne crains plus rien auprès de moi !

ENSEMBLE

O doux instant d'ivresse !
Moment délicieux !
Du fond de ma détresse
Je vois s'ouvrir les cieux !

FAUSTINA

Demain, je rentrerai chez mon tuteur, joyeuse
Et je le fléchirai !

LE TINTORET

Ta douleur doit toucher une âme généreuse.

FAUSTINA

Il est bon, je l'attendrirai...
. . . .
Mes sœurs sortent de la chapelle.

« Protégez-nous, ô sainte Angèle,
« Versez la paix en notre cœur ! »

Elle chante avec le chœur qui reprend l'air.

LE TINTORET *la suit et s'agenouille auprès d'elle*

Au pied de ces autels que nos mains soient unies !

FAUSTINA, *à genoux, avec ardeur*

Oh ! quel que soit notre avenir, Seigneur,
Je le supporterai pour ces heures bénies...

LE CHŒUR

« Versez la paix dans notre cœur ! »

LE TINTORET, montrant l'autel

Devant ce Dieu qui punit le blasphême,
Et dont l'autel est là tout près de nous,
Je jure ici qu'à jamais je vous aime !

FAUSTINA

Je jure de n'être qu'à vous !...

Retour du chœur.

Faustina rejoint ses compagnes, après avoir échangé avec Le Tintoret un dernier
serrement de main. — Lui se perd dans la foule.

RIDEAU

ACTE TROISIÈME

Le palais Orséolo. — Vaste péristyle à colonnes de marbre. — Murailles sculptées de bas-reliefs. — Tableaux. — Statues. — Au milieu, un escalier monumental descendant sur le grand canal. — A gauche, l'oratoire de Faustina. — A droite les salons du Duc.

SCÈNE I

MARIETTA, LE TINTORET, achevant de placer une Madone
dans l'oratoire.

MARIETTA

Dieu ! que c'est long !...

LE TINTORET, descendant de l'échelle

Voilà !

MARIETTA

Vite !

LE TINTORET

C'est fait !

MARIETTA

                              Je tremble
Que quelqu'un du palais ne nous surprenne ensemble !...
Adieu !

LE TINTORET

Je pars !

MARIETTA

Allez !...

LE TINTORET

                    Ecoute !... Encore un mot
Et je m'en vais...

MARIETTA

Encore ?... Non !...

LE TINTORET

                         Tu m'as dit tantôt
Que depuis quelque temps ta maîtresse était triste,
Te fuyait sans raison, pleurait à l'improviste,
Avait perdu sa joie et son regard serein
Et semblait absorbée en un profond chagrin...
Dis-lui, c'est un conseil qu'il faut que je te donne,
Qu'elle vienne prier devant cette Madone...
Vois, je l'ai faite belle et pleine de douceur
Avec des bras de mère et des lèvres de sœur...
    Elle a le regard bon et tendre...

MARIETTA, inquiète

Oui! seulement, partez!
Partez vite!...

LE TINTORET

Dis-lui

MARIETTA, résolument

Je pars... si vous restez!

Non! je ne veux plus rien entendre.
Je crains à présent de comprendre
Tout ce que j'aurais dû prévoir.
A vos désirs bien trop propice,
Je suis presque votre complice
Et je vais trahir mon devoir.

LE TINTORET

Mon silence
T'est d'avance
Tout acquis.
Sois sans crainte,
Cette enceinte
Est sans bruits!
Adieu donc!

MARIETTA

Ah! pourvu que ma faiblesse
Soit ignorée...

LE TINTORET

Adieu donc ! Je te laisse...

*Il va pour sortir... Avant de le faire il
s'arrête devant sa Madone.*

Adieu ! Sainte Madone, adieu !
En te quittant mon âme saigne :
Je crains que mon jour ne s'éteigne
Avec l'éclair de ton œil bleu..
Que ferai-je dans ma tristesse
Lorsque tu ne seras plus là
Pour me sauver de la détresse
Qui si fréquemment m'accabla ?...
Mais c'est elle à qui je te donne :
C'est son cœur qui souffre aujourd'hui.
Pour qu'il guérisse, parle-lui
Comme au mien... ô Sainte Madone !...

*Il recouvre le tableau d'un voile épais
qui le cache. — A Marietta.*

Tu lui diras encor... promets-le moi...

MARIETTA

Si vous restez... j'appelle, sur ma foi !

ENSEMBLE

MARIETTA

Non ! Je ne veux plus rien entendre.
Je crains à présent de comprendre
Tout ce que j'aurais dû prévoir.
A vos désirs bien trop propice,
Je suis presque votre complice,
Et je vais trahir mon devoir !

LE TINTORET

Quoi ? tu ne veux plus rien entendre
De ce que mon âme si tendre
Voulait lui faire encor savoir ?
Bien que mon amour en gémisse,
J'obéis à ton dur caprice
Et je respecte ton devoir !...

On entend les fanfares dans le lointain

MARIETTA, écoutant

Je suis perdue !... On vient...

LE TINTORET, se dissimulant derrière une colonne

Sois sans peur !

MARIETTA

Ah ! de grâce !...

LE TINTORET

Je rejoins à l'instant le cortége qui passe...

Marietta sort par la gauche. — Au moment où Le Tintoret va descendre l'escalier
du fond, Faustina arrive par la droite.

SCÈNE II

LE TINTORET, FAUSTINA

FAUSTINA

Le Tintoret !...

LE TINTORET

Faustina !...

FAUSTINA

Vous ici ?...

LE TINTORET

Dieu vous met sous mes pas en cet instant suprême,
C'est un présage heureux !...

FAUSTINA

Je vous cherchais moi-même :
Votre œuvre est-elle prête ?...

LE TINTORET

Oui !... Jugez !... La voici !...

Il découvre sa toile.

FAUSTINA

Quelle grâce!... Quel charme !...

LE TINTORET

Est-ce vrai ?... C'est le vôtre !...

FAUSTINA

Ce regard pénétrant n'est semblable à nul autre...

LE TINTORET

Est-ce vrai ?... C'est le vôtre !

FAUSTINA

Ce front si pur... si radieux...

LE TINTORET

C'est le vôtre !...

FAUSTINA

Ah ! quel trouble extrême !...
C'est un chef-d'œuvre !...

LE TINTORET

C'est vous-même !...
Vous que j'avais toujours devant les yeux !

FAUSTINA, lui prenant les mains

Oh ! sois sans craintes, sans alarmes :
Tous tes rivaux rendront les armes
A ce chef-d'œuvre incontesté !

FAUSTINA

La victoire serait alors à ta beauté.

ENSEMBLE

LE TINTORET

O ma Faustina, sois bénie !
Si mon œuvre brille en ce jour
Ce n'est pas moi, c'est ton amour
        Qui l'a finie !

FAUSTINA

O Providence, sois bénie !
Son pinceau conduit par l'amour
Fait éclore un chef-d'œuvre au jour !...
        C'est le génie !...

SCÈNE III

LES MÊMES. — MARIETTA

MARIETTA, accourant

Le palais se remplit de mille chants bruyants...
Des archers... des seigneurs aux costumes brillants...

Des artistes fameux... des princesses... que sais-je ?...
Toute la ville enfin formant un long cortège ?...

Le bruit des fanfares se rapproche

Cortége nombreux. — Le duc Orséolo s'avance en tête, accompagné du Titien, de Sébastiano del Piombo, de Véronèse, Schiavone, Luzzi d'Udine et de Torbido. — Seigneurs et Dames de la Cour. — Gens du peuple. — Tous les jeunes peintres ont une esquisse sous leur bras. — Peu à peu, Le Tintoret rejoint Véronèse. — Marietta se rapproche de sa maîtresse. — Le duc fait à tous les honneurs de son palais. — Les jardins s'illuminent. — Le grand canal reflète la clarté des astres et le feu des lumières.

SCÈNE IV

CHŒUR GÉNÉRAL

LE PEUPLE

Honneur ! Honneur au duc Orséolo !
Venise entière en ce jour est en fête :
Tout resplendit ! La nuit même reflète
Le dôme aux cieux et la barque sur l'eau...
Honneur ! Honneur au duc Orséolo !

LES ARTISTES

Honneur ! Honneur au duc Orséolo !
Les arts aussi dans ce jour ont leur fête :
Pour l'un de nous un triomphe s'apprête
Et nous aurons un chef-d'œuvre nouveau...
Honneur ! Honneur au duc Orséolo !

LES JEUNES SEIGNEURS

Honneur ! Honneur au duc Orséolo !
Jamais palais n'a vu plus belle fête ;
Jamais danseur, danseuse plus coquette ;
Jamais artiste un plus brillant tableau...
Honneur ! Honneur au duc Orséolo !

LES JEUNES FILLES

Honneur ! Honneur au duc Orséolo !
En ce moment notre joie est complète :
Chacun ici peut faire une conquête
Et rencontrer un époux jeune et beau...
Honneur ! Honneur au duc Orséolo !

ORSÉOLO

Merci de vos vivats, merci de vos fanfares,
Vous, artistes chéris, vous, seigneurs glorieux,
Et vous, peuple, pour qui les jours chômés sont rares ;
Je vous ai réunis, car mon cœur est joyeux !
C'est la fête aujourd'hui de ma pupille aimée :
Je veux y couronner des chefs-d'œuvre nouveaux.
De l'un de vous je veux sacrer la renommée
Et payer dignement le prix de ses travaux !...

TOUS

Que chacun de { nous / vous } déplie
Ces toiles qui font l'honneur
De notre chère Italie,
Et qu'on nomme le vainqueur !

A sa nièce le duc donne,
Comme prix de ses vingt ans,
La plus parfaite Madone...
Tous les cœurs sont haletants !

Le Duc, suivi du Titien et de Sébastiano del Piombo, s'approche de chacun des
jeunes peintres et admire les esquisses faites pour servir de modèle à la Madone
destinée à l'oratoire de Faustina. Il arrive au Tintoret et lui voyant les mains
vides, il demeure étonné.

ORSÉOLO, au Tintoret

Et toi, cher Robusti, dont l'astre à son aurore
Est plus grand tous les jours,
Est-ce que ton crayon croit qu'il se déshonore
En briguant le prix du concours ?...
Où donc est ton esquisse ?...

LE TINTORET, à part

O ciel ! sois-moi propice

Haut

Je n'ai pas fait d'esquisse.
Seigneur Orséolo !

Il se rapproche de l'oratoire.

TOUS

Il n'a pas fait d'esquisse ?...

LE TINTORET, écartant le voile qui recouvre la Madone

Mais voici mon tableau !...

Etonnement général. — Tous, et au premier
rang Véronèse, le félicitent.

CHŒUR

TOUS

Comment l'a-t-il donc faite,
Sa Madone, en trois jours ?
Ah ! son œuvre est parfaite ;
C'est le roi du concours.
La lutte est illusoire :
Qui lui disputerait
Le prix de sa victoire ?...
Vive le Tintoret !

Le Duc consulte Le Titien, Sébastiano del Piombo et les jeunes peintres. Leur juge-
ment est unanime. Faustina témoigne son trouble et son admiration. Orséolo va au
Tintoret.

ORSÉOLO, lui remettant la palme

Je te couronne
Artiste prodigieux.
Ta Madone
Est un chef-d'œuvre merveilleux !

TOUS

Sa Madone
Est un chef-d'œuvre merveilleux !

VÉRONÈSE, bas au Tintoret

Quelle couleur ! quelle harmonie !
Ton amour a guidé ta main :
C'est là le secret du génie !
C'est un chef-d'œuvre surhumain !...

ORSÉOLO, aux assistants

J'attends que lui-même me dise
La récompense qu'il voudra :
Sur la foi d'un duc de Venise,
Quoi qu'il demande... il l'obtiendra...

TOUS

Sur la foi d'un duc de Venise.
Quoi qu'il demande... il l'obtiendra !...

Le Tintoret se rapproche de Faustina. — Tous les regardent.

ENSEMBLE

FAUSTINA

Le ciel m'a-t-il donc exaucée ?
A peine si j'ose entrevoir
Le doux rêve de ma pensée...
Mon cœur défaille à cet espoir.

MARIETTA

Moi qui sais leur douleur passée,
Leurs angoisses, leur désespoir,
Je lis au fond de leur pensée...
Mon cœur palpite de les voir.

LE TINTORET

Grand Dieu ! mon âme est oppressée...
Que ne puis-je, hélas !... laisser voir
Tout le secret de ma pensée,
Tout mon amour, tout mon espoir ?...

VÉRONÈSE

Moi qui sais leur douleur passée,
Leurs angoisses, leur désespoir,
Je lis au fond de leur pensée...
Mon cœur palpite de les voir.

ORSÉOLO

Je lis au fond de leur pensée...
Je connais leur secret espoir...
Leur ardeur est récompensée...
J'ai leur bonheur en mon pouvoir !

LUZZI-SCHIAVONE

Est-elle donc sa fiancée ?...
On n'en peut douter à les voir.
L'artiste est fier à la pensée
Que l'art met tout en son pouvoir !

TOUS

Toute espérance est dépassée :
Qui donc eût pu le concevoir ?
C'est une noble fiancée
Que le vainqueur va recevoir.

Le Duc s'avance et prenant la main de sa pupille il la
place dans celle du Tintoret.

ORSÉOLO

Si j'ai contrarié, tuteur inexorable,
Votre naissant amour,
Je voulais l'éprouver et le savoir capable
De durer plus d'un jour.

4

A Faustina.

Pardonne à ma tendresse
Si pour ton bien je fus cruel !...

Au Tintoret.

Garde sa main. C'est moi qui te la laisse !...
Et vous serez unis dignement à l'autel :
Le génie est une noblesse :
La plus haute, vraiment, car elle vient du ciel !...

ENSEMBLE

LE TINTORET, lui saisissant la main

J'embrasse la main qui me donne
Un trésor chéri tendrement...

FAUSTINA, embrassant le Duc

Je sais combien votre âme est bonne...
Je vous bénis en ce moment...

TOUS, montrant le tableau

Rendons grâce à la Madone
Qui bénit le peintre et l'amant.

Le Tintoret et Faustina, la main dans la main, sont entourés par chacun et félicités.
Ils rayonnent .. et la joie est sur tous les visages.

REPRISE DE L'ENSEMBLE

FAUSTINA

Toute ma peine est effacée ;
Le soleil luit en mon ciel noir.
Pour jamais c'est ta fiancée
Que Dieu remet en ton pouvoir.

MARIETTA

Moi qui sais leur douleur passée,
Leurs tendresses et leur espoir,
Je sens mon âme traversée
D'un bonheur qui m'est cher à voir.

LE TINTORET

Mon espérance est dépassée ;
Le soleil luit en mon ciel noir.
Pour jamais, ô ma fiancée,
Dieu te remet en mon pouvoir.

VÉRONÈSE

Moi qui sais leur douleur passée,
Leurs tendresses et leur espoir,
Je sens mon âme traversée
D'un bonheur qui m'est cher à voir.

ORSÉOLO

L'ivresse remplit leur pensée ;
Le Seigneur comble leur espoir.
Mon âme est aussi traversée
D'un bonheur qui m'est doux à voir.

LUZZI-SCHIAVONE

Qu'elle est belle la fiancée !
Qu'ils sont tous deux touchants à voir !
L'artiste est fier à la pensée
Que l'art met tout en son pouvoir.

TOUS

La gloire est encor dépassée
Par l'amour couronnant l'espoir.
Le vainqueur fuit notre pensée,
L'amant est le plus doux à voir...

Le cortège se reforme entourant les jeunes fiancés que tous acclament.

RIDEAU